청어詩人選 205

고양이의 말

서용례 시집

청어

고양이의 말

서용례 시집

발 행 처 · 도서출판 청어
발 행 인 · 이영철
영   업 · 이동호
홍   보 · 천성래
기   획 · 남기환
편   집 · 방세화
디 자 인 · 이수빈
제작이사 · 공병한
인   쇄 · 두리터

등   록 · 1999년 5월 3일
(제1999-000063호)

1판 1쇄 인쇄 · 2019년 10월 20일
1판 1쇄 발행 · 2019년 10월 30일

주소 · 서울특별시 서초구 남부순환로 364길 8-15 동일빌딩 2층
대표전화 · 02-586-0477
팩시밀리 · 0303-0942-0478

홈페이지 · www.chungeobook.com
E-mail · ppi20@hanmail.net
ISBN · 979-11-5860-698-5(03810)

이 도서의 국립중앙도서관 출판시도서목록(CIP)은 서지정보유통지원시스템 홈페이지
(http://seoji.nl.go.kr)와 국가자료공동목록시스템(http://www.nl.go.kr/kolisnet)
에서 이용하실 수 있습니다.(CIP제어번호: CIP2019039857)

이 시집은 제작비 일부를 충북문화재단기금에서 지원받았습니다.

시인의 말

무심천변에 살면서
물결 속에 깃든 시어를 잡았다
월척은 놓치고
잔가시 물고기만 한 바구니다
시의 누옥에 가마솥 걸고 불 지필 참이다
번개가
불 좀 빌려주었으면 좋겠다

2019 가을
서용례

차례

2부 길 위의 길

3부 송어의 꿈

4부 바람의 첫날

해설
무심천변의 고향에서 건져낸 생활 시어의 편린片鱗들
_윤형돈(시인, 문학평론가)

1부

청바지 여자

명태의 눈

바람이 돌림노래로 돌아다니는
회색 건물 사이
소금기 빠진 명태 네 마리 걸려있다

그 놈 참 실하네
3층에 사는 철학관 김씨가
꾸덕해진 햇빛도 데리고 올라간다

얼마 남지 않은 긴 꼬리의 석양이
검은 바다를 건져 올리고
그 바다에서
몸속 얼음을 녹이느라
명태는 차렷 자세가 힘들다

8개의 눈동자는 8개의
눈사람을 만들고
눈사람의 눈으로 바라본 세상은
하얀 숫눈길이다

밤새 눈길을 헤매던
하얀 웃음을
사람들은 조금씩 조금씩
바다로 밀어 보낸다

두레밥상 위
바다가 끓어 넘치고
명태는 온 몸 풀어
사랑하라 사랑하라
출렁이며 돛을 올린다

사려니 숲

나무마다 연둣빛 이슬 촉촉하다

밤새 별빛이 어루만져준
사랑의 언약이다

제주의 바다가 투명하니

숲도 정갈한 목소리로
이야기꽃을 피워
나무마다 키를 높이고

숲을 지나는 사람들
발길을 오래 머물게 한다

흐르는 소리

나는 공들여 키우지 않은
무채색의 물건들을 팔고 있다

너는 바람
별빛도 모르고
내게로 왔니

무채색에게 갑인 나
갑질이 즐거울 때
또 다른 갑이 들어와
무채색 안고 나갑니다.

사각의 지폐들이 사각의 금고 안에서
사각의 형제를 부르고

갑인 나는
철없는 숨표처럼
무채색들 흐르는 소리에
무럭무럭
늙어 갑니다

청바지 여자

그녀가 별로 떠났다
길가에 내어 놓은 문갑 장롱
수선하게 바람이 문을 두드린다
문틈으로 시간이 기웃대다 등 돌린다

수시로 오가는 장터
이름대신 청바지 아줌마로
불리던 여자

수선화 꽃대 올리던 시간에도
아스팔트 늘어졌다 짧아졌던
뜨거운 여름날도

청바지 천처럼 언제나 푸른 날이었던 여자
흥얼거리던 동백아가씨는 끝내 오지 않고

모든 문 열어두고
별 하나에 이름을 걸고 떠났다

슬픔은 없다
소리 높여 울어 줄
술잔이 없으므로

투명한 이웃

이웃에 사는 S 시인이
말을 걸어왔다
푸른 우암산이
진달래로 불 지폈네

나는 허공에 떠있는
거미줄 사이로
구름송이가 걸렸나 쳐다보며

하늘이 봄바람을
연실 우암산 자락으로
보내는 걸 보았다고 맞장구 쳤다

청주 성안동에 세 들어 산 지 35년
진달래 불 지핀 우암산 본 적도 없는데

오늘 저녁 벚꽃구경 갈까

무심천
벚꽃 품고 떠다니는
달이나 만나러

붉다

경로당 앞마당에
동백꽃이 붉게 피었다

담벼락에 기대앉은 노인이
나비 한 마리 동백꽃 수술에 놓는다
죄 모르는 햇살은 자유로이 동백 가슴을
넘나들고

노인의 기억이 헐렁해진 그때
꽃밭이 붉게 피었다
절명의 순간에
간절하지 않은 기도는 없다

관절 꺾이는 소리를 내며 노인이 일어선다
투덜대는 무릎에
낡은 신발이 찾아든다

경로당 앞마당
동백나무는 여전히 붉고

밥알 하나

조용한 오후
오이 장아찌 하나 놓고
늦은 점심을 먹습니다

젓가락 사이로
밥알 하나 툭 튀어나와
나비처럼 옆 의자에 내려앉습니다

배경이 되어버린 나
총총한 수다 풀어놓습니다

올챙이와 소금쟁이 사랑
메뚜기 바람 따라 숨은 말들을
고추잠자리 꼬리에 붙여놓던

식탁도 밥그릇도
간질간질 웃고
젓가락도 손뼉을 칩니다

조용한 오후가
도란도란 거립니다

참 좋은 날

프리지아 꽃다발을 안고

아장아장 걸어오는 외손자

할미 받어, 한다

말 한마디가

천지사방 꽃이 핀다

참 예쁘다

세상이 온통 환하다

들길

여행을 떠났다
초록 바람이 안내자다
햇살에 골똘해진 풀꽃들 만나고
등 굽은 나무에 풀벌레 새들의 언어가 새겨지고

바람이 안내 할 때마다
옥수수향기 당귀향기 호박향기
치마폭을 벌리고

토란잎 위 물방울 톡 떨어지며
방풍 꽃 고운 손 흔들고
연하고 연한 메꽃 마음에 서서히 스며들고

붉은 초록의 고추밭이 열려있고
논마다 하얀 벼꽃 물결도 한창

잠자리 한 마리 꼬리를 흔들며
바람이 멈춘 종착역
따라온 꽃씨들이 얼굴을 숨기려
뭉게구름을 내려쓰고

무심천변 여자

무심천변 머릿결 고운 여자입니다
어미는 작년 장마에 발가락만 남겨놓고 떠났습니다
몸통 없는 어미는 아직도 발가락 온기가 남아있습니다
무심천 물결은 어미의 발자국을 꼭 안고 있답니다

저기 슬픔이 가득한 발자국이 걸어옵니다
함박웃음 가득한 발자국도 옵니다
둥근 발자국도 큰소리로 지나갑니다
참새가 가끔 내 머리에 앉아
흰색과 검은색 줄무늬 고양이에게
노래를 불러줍니다

노랫가락이 끝날 무렵 나는 흰 꽃가루를 뿌려줍니다

함박눈 같은 꽃을 피우던 친구가
트럭에 실려 떠나갔습니다
너무 많은 꽃으로 주민자치에서
환경회의가 있었다고 합니다

밝은 불빛으로 잠을 거르는 시간이 늘고
참으로 한결같은 사람들이 야속합니다
떠나가기 싫습니다
무심천변에 살고 있는 나는
머릿결 고운 버드나무입니다

추억의 한 자락 두고 싶지 않나요?

수선화

그 마음 본 적 있나요
그 외로움 만져 본 적 있나요
눈물 속에
피는 솟구쳐 올라
잎새가 나고
줄기가 세워지고
시간이 피어나고

날 새기를 기다려
햇살에
잎새에 줄기에 꽃잎에
하나하나
숨을 불어 넣는다
기다림을 넣는다

인생

허름한 신발 속
구멍 난 스타킹

구름 한 번 불러 세우고
바람 한 점 끌어들이고

척

꽃바람 따라
천천히
걸어가는 날들입니다

고양이의 말

감나무가 그늘을
채워가는 오후

고양이가 감나무를 오래
올려다본 주술의 시간은
하늘빛이다

전설 같은 사랑은 흩어지고
고양이가 담장 아래
사람들이 일용할 양식을
야옹야옹 잘게 먹는다

삶의 방식이 다른 고양이는
주어진 것을 절대
타인에게 주지 않는다

감나무 뿌리 끝에서
심줄을 타고 오르는
흙들이 야옹야옹

불확실한 사랑은
언제 끝날지 모를 일

감나무는 무성한 잎만
늘어만 가는데
고양이의 말은
담장에 내려앉지 못한 채
야옹 야옹 야옹

세상을 곁에 두고

커피를 끓인다
전기 주전자와 가스불의 끓는 속도가 다르다
우리는 서로 다른 속도로 커피를 마신다

뜨거운 것을 못 먹는 Y는 느리게
뜨거운 것을 잘 먹는 X는 빠르게

뜨거운 것을 못 먹는 Y는
걸음도 느려 신발도 1년 넘게 신고
뜨거운 것을 잘 먹는 X는
걸음도 빨라 신발도 잘 닳는다

빠르게 신문을 읽고
느리게 생각을 하고

맞는 게 하나도 없는데
언제나 같이
거리를 누비고 있다

속도의 높낮이가 너무도 다른
세상을 곁에 두고

그 안에 우리가 산다

착한 아이

햇살이 여유로운 날
어머니는 방망이로
연실 고운 콩을
맷방석 위에 툭툭 털어 놓습니다

한 놈이 뛰어 나갑니다
세상
밖으로

또 한 놈이
따라 갑니다

마당 한 귀퉁이에
날고 있는 참새

조심조심
살아가는 날들이 많아집니다

2부

길 위의 길

손금

내 손금은 많이 어지럽다
잔금이 많으면 고생한다는
어머니 말씀에
냇가에 앉아 한동안 돌멩이로 문지른 적도 있다
지워도 지워지지 않던
잔금은 살아갈수록 무성해졌다

비가 오면 그냥 비가 되고
바람 불면 그냥 바람 되고
햇살은 그냥 햇살로
손잡고 여기까지

복이란 것도 달아났다가
슬슬 눈치 보면서 다가서는
손금 같은 세상이
내게로 곁을 내주고

이제는
손금도 줄어들 시간
손바닥을 들여다보면
지난 세월 그리워
몸살 앓는다

시원한 날

삼겹살을 굽는다
둘러앉은 얼굴들
한 잔 한 잔
시원하게도 취한다

시원소주를 또 불러들인다

왜 하필 시원소주
눈살을 찌푸리는 얼굴

아직도
자연스럽지 못한
내 속의 삶들

오늘 취기로
호기 있게 풀어 논
시원한 날이다

건강한 웃음소리 위로
소박한 햇살이 차르르 웃는다

늦 매미도 소리 높여
씨원씨원씨원

라또커피

햇살 속에서 바람이
단걸음으로 와
찻잔을 들여다보고 있다

시간만 보내다 찾은
일상의 여유

봄 여름 가을 겨울
순간의 이음은 음률로

사람과 사람 사이
한순간

말과 말 사이로
흘러가는
갈색 알갱이들

라또커피

향기를 내리는 중
마음을 내리는 중

시간 만들기

가을 산 문턱이 닿도록
눈과 손이 부지런한 날들

남편 꼬드겨 산비탈 돌고 돌아
도토리 한바구니 주워 왔지요

양파 자루 속에 넣어
천장에 매달아 놓고
볼 때마다

다람쥐 볼살이 튀어 나와
도랑도랑 소리 내기도 하고
밑동 굵은 굴참나무가
가랑잎을 내게로만 날리는 것 같았지요

저녁 산책길에 나선 거미는
모른 척
도토리 옆을 그냥 지나가고

겨울이 다 가기 전
다람쥐에게 돌려주어야 하는데

첫돌

오늘 햇살이 무량하게 빛나는 날

온 세상 사람들
손에 손 잡고
축복의 노래 부르고
공작은 원을 그리면 날개 춤을 춥니다

오색 꽃들도 뜰 안에 피어
서로서로 입맞춤 하며
꽃방을 만들고

나무들은 푸른 손을 마주 비빕니다

은빛금빛 새들이
종알종알 노닐며
비단과 목단 꽃으로 치장하고

토분마다 수국 꽃
한아름 담아 놓는 계절

그 무엇보다도 기뻐요
우리를 찾아 왔으니까요

아버지의 이름

농구를 챙겨 들로 나가시는
아버지의 등위에
새벽별들이 매달려 있습니다

아버지의 무명 중위적삼 위로
내려쬐는 햇살이
용광로보다 더 뜨겁고

괭이질에 떨어진
참외 꽃이 흰 고무신에
별처럼 반짝입니다

별빛 속 씨앗들이
아버지의 주름진 얼굴에
환한 웃음으로 화답합니다

개여울에 비친 석양이
허리 한번 펴질 못한
아버지 보듬어 줍니다

참외 꽃 박힌 아버지의 고무신이
푸른 하루를 내려놓고
그제서야
물러섰던 어둠이 까맣게 모여 듭니다

제비집

신방 같구나
회색 건물 중앙에 자리 잡고
반달처럼 포근하고 햇살 같은
서투른 집

무슨 인연인가
아침마다 고운소리로
자명종 보다 정확하게
초침을 읽어내며
남편을 깨운다

목단나무에 앉아
낭창대는 모습은
비늘 반짝이는 물빛 새

오늘도
나뭇가지 주워 화단에 올려놓고
자꾸만 들어다 보네

길 위의 길

새는 새의 길에 산다
바람은 바람의 길에 산다

부지런한 생강나무 꽃
생강생강 물소리 내며
땅 위로 물길 낸다

새는 새의 언어로
바람은 바람의 언어로
물은 물의 언어로
서로 이끌고 간다

오늘
나무도 길을
몸속에 옮겨놓는 양 순박하다

귀농

시대에 떠밀려 도시로 간 사내
도시 한 귀퉁이에 발 뻗고
언제나 고향 꿈꾸었다
60이 지나고 도시의 거리에서
퇴출 명령에 고향 하늘이 그리워
소주 한잔 취기로 사들인 과수원으로 돌아왔다

참으로 좋았다
하늘에 별들이 반짝이고
향긋한 풀냄새 까치소리도 높고
시원한 산골 샘에서 등목도
바라던 귀농의 일기였다

시간은 흐르고
산 까치 풀과의 싸움
돌아서면 언제나 제자리
야속한 날들이 쌓여갔다
도시에선
사다리타기도 못했던 사내
고향에선 하늘 끝까지 올라가고 싶었다

착해 빠진 그가 독해졌다
약통을 메고 산 까치를 날려 보내고
끈질긴 풀과의 전쟁
풀들이 사라지고 산 까치도 도망가고
붉은 사과가 사다리위에 해처럼 앉아있다
앞자락에 쓰윽 닦인 사과처럼
제대로 익은 그의 웃음이 달고 달았다

냉이

냉이 한 소쿠리
캐어 집으로 오는 길
자동차 의자에
모로 누운 냉이가
빨리 가자고 허리를
곧추 세운다

차창 넘어 들길에는
봄꽃들 소풍이 한창이고
하늘이 던져놓은 구름
그 밑에 집을 짓는다

양은 냄비 속에서
수천 개의 눈동자가 빛나고
비적비적 나오는 식욕들
토닥토닥 바람소리 붙잡고
다시 스위치 켠다

구름 위의 집
양은 냄비 속 입맛들이
만발했다

멸치에게

한 놈을 잡고
배를 가른다
내장이 손끝에서 발버둥 치다
이내 떨어지고 만다

동그랗게 부릅뜬 눈이
부릅뜬 내 눈과 마주한다
서로 눈물이 난다
동무들이 모여 있다
이름을 불러준다

용이 청이 순이……

파도를 가르며
물방울로 공기놀이하고

누가 더 높이 뛸까

별 같이 촘촘한 그물
승리를 그리다 덜컥,
오늘 바다 한 포
내 손에서 파닥거린다

사랑

거실에 오른쪽 팔 베고 누운
남편의 이마에 실개천 흐른다
실개천에 간혹 물줄기가 찰랑찰랑 하다가도
다시 고요가
나는 그 강에 연어가 되어 살고 있다

두꺼비 잔등 같은 손을 잡아본다

봄이면 옛집 실개천
버들강아지 품고
또랑또랑 물소리
참 좋았다

남편의 등 너머로 창밖 목련꽃이
환한 봄날
탁자 위 사랑초도 조용하다

바람의자

우암산 걷다가
살얼음 열고 나온 물소리
작은 돌들도 귀 당겨 듣고
나목의 작은 손들이
꽃눈 달고 바람에게 손 편지 보냅니다

바람이 만들어준
바람의자에 앉은 바람은 바람에게
아주 조심스럽게
말을 걸어 봅니다

봄은
아직 인가요?

육거리 종합전통시장

새벽안개가
자맥질을 시작한다

숨비소리 가득한
육거리 시장으로
소박한 사람들이 사람을 만나고
산도 들도 찾아와
제 품안 보다 크게 벌여 놓는다

만선의 배가
닻을 내린 남석교
동해와 서해 남해가
반갑다고 출렁인다

힘줄 굵은 푸른 등에
지느러미 달고 날아오르면
물결이 점점 높아진다

목젖이 보이게 한바탕 웃는
장바구니 인심에
시장은 또 다시 출렁대고
파도는 한 번 더 출항을 준비한다

육거리 종합전통시장
세상에 나눠 줄
또 하나의
바다를 품고 있다

풍주사 무량수전 부처님

가침박달나무
바람의 목탁소리에
무량수전 기웃대고

풍경은 꽃잠 자는 부처님 부르며
세상구경 가자고
연실 땡그랑 땡그랑

108배하며 그런지

용마루 끝
오수를 즐기던 다람쥐도
끄덕 끄덕

허허 고놈들 내가 졌다

어느새
일주문 밖 걷고 계신
풍주사 무량수전 부처님

3부

송어의 꿈

송어의 꿈

어제는 비가 왔다

고양이들은 죽지 않았고
컴컴한 밤의 헛밥을
먹어 치우고 있다

뜰채에서 뛰어오른
몸이 사뿐 내려앉는다

우리는 우리가
세상에 뛰어 내릴 거란 말은
속말이 된 지 오래다

붉은 동백을 꽂은 화병은
송어 향으로 가득차고

맥주에서 거품이 일고
송어의 깊은 잠을 사람들은 탐닉한다

비늘을 털고
비상하는 송어 떼 구름이
오대천 맑은 호수로
달린다

그림 한 점

바람 한 점 없는 골목길
민들레꽃대 피워 올랐다

비율에 비율을 넣어
비늘처럼 촘촘한 꽃

민들레꽃 옆을 지나
고양이가 엷은 갈색의 눈동자로
골목길에 세워둔 차 밑으로 야옹 숨어든다
숨소리도 촘촘하게

배경이 되어버린 민들레 그림자
노랑나비가 되어
훌쩍 골목길을 끌고 날아오른다

민들레 그림 한 점
우주를 세우고 있다

폰

사각의 집들이
퇴각 명령을 받고도
행진은 더욱 줄기차다

지하철. 버스. 집. 길거리.

세상의 꽃들이
사각의 틀에서 피어난다

사각의 힘
세계가 손 안에서 자라고 있다

천리향

그녀는
풍요로 만개하고

정성 가득한 향기로
세상에 나눔도 후덕하다

새들도 바람도 햇살도
향으로 갈무리 해주고
천리를 한달음에 달려간다

멀리도 가까이도
천리를 마주보는
향기 품은 나눔
꽃대를 세워 봄을 피워낸다

차향 같은

바람이 분다
그는 늘 맑은 종소리를 낸다
삶을 다듬은 소리다
등 굽은 모습도
당당하다

이래다 저랬다 하지 않는
해 같은 그
목화송이처럼 따스하고

오늘도 바람 속 물을 길어서
찻물을 달인다
은은하게 퍼지는 차향

찻잔 속에 핀 꽃
남편은 날마다
고봉의 꽃이 된다

부산기행

영도다리 건너
바다를 품은 빌딩들이
해무 위에서 간절한 몸짓이다
나는 갈망한다고
하나의 문장 위에 서있다

이기대의 벼랑위에서 가야금 타는
두 여인이 있다
음률이 가야금 사이에서
튕겨 나와 바다로 숨어 버린다
벼랑아래 펼쳐진 긴 해안선을 걸으며
바닷물이 차오는 내 발목을 본다
양말 위에서 고래가 푸—우 한다

광안리 사랑 횟집
나무젓가락 사이로 푸른 바다를 들어 올린다
내 몸에서 발아되길 기다린다
그도 인간처럼 태어나고 죽음을 체험한다

자갈치 시장에는 자갈치는 없고 갈치는 있다
은백의 갈치는 시멘트 바닥에서
아직도 꿈틀대는 바다를 보고 있다

사람들 속 국제시장 말과 풍경을 담아
까꼬막 카페에서 유치환의 우체통에 넣는다
끼어 든 바다도 슬밋 밀어 넣는다

마음을 나누다

스포츠 정신 이념 아래
온 나라 사람들 맑은 기운으로 모인

대한민국 충북에서
무예가 펼쳐지네

힘찬 기합과 감성의 물결이
땅위를 넘쳐 흐르고
푸른 창공을 가르는
함성소리는

무림 지존들의 진검승부

자연의 순리대로
사람에게 이롭고 조화로운
체體 향연들

무예로 사람과 사람이 소통할 수 있고
무예로 사람과 사람이 화합할 수 있는

온 세상 사람들
마음을 나누는
충북 세계무예마스터십

풍경

담벼락을 맴돌다 돌아가는 바람이
오래된 화폭처럼 잡혔다

꽃들은 손바닥에 별을 그린다

별들이 화분에 쌓여있다
별은 꽃등을 만들어
서성대는 바람의 손등에 붙여준다

살피꽃밭이 잠깐만, 한다

목마름이다
물줄기 잡고
마중물 보내고 있다

채송화 분꽃 금잔화 백일홍 해바라기

한동안 살피꽃밭을
맑은 소리로 읽어 볼 참이다

으름꽃

다복한 햇살이 내려요
순한 이야기를 담고요

한 줄로 걸려있는 음이
초록빛 세상에 날려요

터트린 소리는 고요하고요
고요 속 피어난 방울들이
물소리를 내기도 해요

물소리 속에서 크는 잎새들
구름처럼 흘러 가지요

구름이 으름장 놓으면
바람을 불러오고
작은 보라색 꽃들이
톡 톡

오늘은
으름꽃 피는 날
다복한 햇살이 내려요

뱀사골

흐르는 감로수에 눈을 씻고
말간 눈을 들어
푸른 숲 읽고 가라 하네

감로수 위에
앉아 계신 수많은 돌부처님
세상일 여기 놓고
맑은 마음만 가져가라 하네

너럭바위 천년 송
노래 한 자락
담고 가라 하네

지리산 큰 목소리로

벌초

머리 하얀 종친들만 모여 벌초를 한다
낫질과 갈퀴질이 둔탁하고
기계음은 온 산을 흔들며
칼날이 매섭다

아버지 어머니 위의 조상님이
옹기종기 허허 웃고 있다
너무 많은 일들 속에 살고도
둥글게 누워있는

고운 꽃씨 뿌려
꽃 춤으로나 한바탕 풀어낼 수 있게
해바라기 코스모스 장다리꽃
이제 아름다운 집이였음 좋겠습니다

청주 만세공원*에서

장하다 대한독립만세
자주독립 발판을 만든 선열의 힘
청암 한봉수 의병장이 앞장 선
그 외침
하늘도 땅도 흔들었다

지금 이곳에서 그 숨결 기리나니
청주 우시장 장터에 구름같이 모여
태극기 두 주먹에 움켜쥐고
1919년 3월 7일
일제에 당당히 맞섰다

일어서라 백의민족이여
잃었던 땅 되찾아
떳떳한 국가를 세우자던

그 날의 함성이
그 날의 숭고한 정신이
무한한 자유와 국권회복으로
민주주의 초석을 놓은
청주의 푸른 물결이여

100년의 힘을 모아
대한민국 중심에 서서
세계 속에 해마다 새롭게 피어나는
청주의 새 봄이여

*청주시 상당구 성안로 74번길

오월의 달

싱싱한 달이
실핏줄에 검은 여울을 만들고
혓바닥은 느린 춤사위로 말을 잃어갔다
뚜껑처럼 잘 닫히지 않는 눈으로
너를 닮은 나무 하나 뚝

나는 가사 없는 음악을 듣고 있었다

아카시 꽃은 초목이 되기 위해
너에게로 몰려가고 잔 기억들이
햇살처럼 늘어만 간다
그리고
맑은 바닥에 그늘을 만들고 있었다

어머니는 동굴 속에서 옷깃에 수를 놓고
깨끗한 달을 연실 숲으로 보내고 계셨다

바람은 짝이 맞지 않은 구름을
흘려보내고
남은 껍데기만 끌어안고
투명하지 못한 용서를 빈다

아우여
돌아오시게
휘영청 달빛으로

우암산

소가 걸어가네
나도 소와 함께
길을 가네

발자국이 가는지
내가 가는지
우암산 자락에 피어난
구름도 발을 가졌네

감나무 꼭대기 까치밥이
대롱대롱
나를 따라 다니고

소 등에 누워있던 새
둥지 찾아 힘껏 날아오르며

나뭇잎 하나도
작은 풀잎도
향기를 모으는 우암산

그 산에 기대어 사는
청주 사람들
참 맑게 산다네

보름날

벽을 타고 있는 담쟁이의 손등을
바람이 달빛 쪽으로 옮겨 놓는다
담쟁이의 눈물이 흐르는 벽
단 한번 너희라고 불리지 않는
평평해진 귀때기 둥둥, 소리가 난다

바다위의 부표처럼
데모꾼들이 악악대던 시장 광장
주어진 일을 다 해야 된다는
꽹과리 든 상모는 무작정 돈다
그 소리를 모아 담장을 넘으려는 덩굴손
하늘로 날아간 소리들이
둥둥둥 달 가죽을 두드린다

데모꾼들이 빙빙 돈다
달빛도 빙빙 돈다
평평해진 귀때기 앞세운 담쟁이도 돈다

달빛이 소리를 잠재운다

4부

바람의 첫날

우리 어머니

햇살이 담벼락에 걸릴 때마다
어머니의 노랫가락은 경전처럼 투명해 집니다
노랫가락은 낮은 곡조로 더해가고
감나무 가지 끝을 지나온 바람이
배추밭 푸른 잎마다 출가를 돕고 있습니다

바람 따라 날아온 참새 두 마리
배춧잎에 앉아 새참 즐기고

굽은 어머니의 손가락처럼
바싹 오그라진 배춧잎들
구순의 어머니
이제는 더는 못한다 하시면서도
딸에게 고소한 김장배추 담는 법
열심히 일러 줍니다

긴 시간 구부러진 길처럼 살아온 어머니
남은 세월 비단길만 주고 싶은 딸의 기도가
배추꽃 한 아름 안고 돌아오는 길
배추꽃에서 맥박 같은 어머니의 숨소리가 시려
목이 메어 오는 날입니다

참외

네가 먼저 와 있었다

아무리 기별을 보내도 소식이 없더니
시장 한복판에서
고운잇속 가지런히 웃고 있었다

골짜기마다 시냇물이 흐르고
노란 별꽃들이 부려 논 꽃 더미 속에서
푸른 바람 기꺼이 맞이하며
찾아오는 벌들과 담소도 하면서
네게도 무수한 시간이 보태여 졌다

주머니에 감추고 감춰도 들키는 넝쿨 손
진실만이 네가 자란다는 것
너는 햇살에게 말해주었지

배꼽 빠질까 꼭 쥐고
해맑은 아이처럼 웃는
네가 먼저와 있었다는 걸

바람은 알까

능소화

한 여름
태양만큼이나
뜨거운 여인

선홍빛 화장하고
푸른 장삼을 끌고 끌며

이웃집 담장을 넘고 넘는다
사라진 나팔소리 쥐고

안동에 가봤소

봄꽃들 소풍가는 길 따라
연둣빛 채색으로 끝이 없는 들
실바람 위에 안동 고등어가
바다로 떠나고 싶어
절인 몸을 뒤척인다

댓돌 위에 놓여있는 흰 고무신
이황 유성룡의 갓을 눈빛으로 써보는
봄꽃들의 수다
여행 한 권이 완성된다

하회별신굿놀이마당
조금은 헐렁하고 조금은 틈이 있는
각시와 선비의 살풋한 발걸음이
만송정 숲길로 숨어든다

안동에 가봤소
홍도화가 환한 봄날

성안로 45번길

사람들이 떠난 자리에는
바람이 주인이다

빈 상가 늘어가는 골목
도시재생 현수막 기웃거리고
부동산 계약서에 이름이 수시로 바뀐다

상가마다 대박세일
우린 천 냥의 밥그릇과
천 냥의 속옷과
천 냥의 과일을 먹는다

사라진 전통의 발자국

개미처럼 부지런한
발길 기다리는 도시재생 현수막

그러나

한 달만 반짝
떴다방 또 떴다가
별빛처럼 스러졌다

꽃처럼 살자

문의 가는 버스를 탔다
육거리 지나 꽃집
도로를 점령하고 있는 화분 속에서
"꽃처럼 살자"
환하게 웃고 있는 팻말
꽃들이 살고 있는 반 평도 안 되는 집에
발을 담그고 있는 문장

옆자리 중년의 여자가
큰소리로 통화를 한다

입속에서 꽃들이 튀어나왔다 들어간다
붉은 얼굴로 우아한 척
꽃을 만들지만
우아는 비눗방울처럼 사라지고 만다

창밖의 꽃들이 시나브로
눈길과 마주 친다
비단길을 걷듯 바람이
꽃들 머리위로 나폴대다가
겨드랑이 속으로 들락날락
간지러워 웃음이 나올 뻔
참았다

명암호수

가끔은 내가
내 몸을 끌고 와 말을 건다
살아가는 이유를 물으면
간결하게 걱 정 마 요

나뭇잎들은 아직
여물지 않는
음정을 토닥이고
설명 없이 떠나는 바람
나무마다 꽃을 달아준다

우암산에서 내려온 목어
숨바꼭질 하다가
첨벙 첨벙
물속 동무 찾아들고

연꽃 유치원
이름표 단 아기
제 몫의 별꽃과자 나눠주며
별보다 더 반짝인다

명암 호수
오늘도
맑은 물소리 내며
사람들 발길을 머물게 한다

바람의 첫날

밖에서 서성이며 내 곁에

옆 날개를 펼치는

그 속에 들어

긴 잠도 자 볼까 하다가

마음의 상처 치유될 시간에

네가 심장까지 녹아 눈물이 될까봐

연둣빛 사랑의 손을 내민다

바람의 첫날에

바람이 불었다

가게 문을 열고 들어온 첫손님
해찰 대다 백일홍 닮은 파리채 하나
길이 짧은 흰색 가방에 담는다

달랑대며 따라 가는 백일홍
오늘
달빛 으스름 할 때 놀이터에서
만나자고 눈짓 보낸다

반등 건등 한 사내가
유난히 긴 손가락으로
자물쇠 하나 찾아들고
사랑을 잠그어 달란다
유통기한을 묻자
머뭇거리며
"벚꽃 필 때 까지는 유효합니다"

그런 사이
햇살 한줌 들어와 창가에 놓아둔
수선화 활짝 웃고
커피는 향기로 맑은 시간 내리고
참 오랜만에 상큼한 바람이다

봄

하품하는 고양이 옆으로
참새 한 마리가 슬며시 지나갔다

참새의 발자국이 실금처럼 남겨진 마당

노란 민들레가
제 그늘에 발자국을 넓히다 놀라고

앵두나무에서
흘러내린 붉은 물에
첨벙이는 고양이 발자국들

앵두나무 발목에 붙잡힌 바람은
앵두꽃 따라 바람나고

참새가
고양이 모습 그려진 신발을 신고
바람난 앵두꽃 찾아
또각또각
걸어 들어가고 있다

공사중

옆집에서
집 공사를 한다고
온 종일 쿵쿵
밀물처럼 나오는
흙벽돌 나무 수숫대 그을음 가득한 돌
함께 살던 개미 파리 거미
트럭에 몸을 싣고 떠나갑니다

뿌연 연기가
안개꽃 되더니
내 작은 화단을 망쳐 놓았습니다

이해하려 했습니다

미안하다는 소리 좀
들어볼까 가까이 가다
그만
내 고향집 냄새에 풀썩
파란 고향 하늘이 내려다 봅니다

오늘 하루

바람이 지느러미 달고 헤엄쳐간다

바다는 투명의 시간을 움직이고
수평선 역 잠시 멈춘다

그녀와 오늘 하루 친구가 되기로 했다

그녀의 사랑이야기
파도가 일렁이고
얼큰한 소주를 생각나게 했다

바람과 파도는
서로의 일에 무게를 얹고

그녀와의 소소한 이야기
한 자락 남은 연민의 언덕을 오르내렸다

편도가 아프다
바람 때문이다
그녀의 자전거는 아직도,
멈추는 것을 익히지 못했다

인연

왜 그리 바쁘게 살아가고 있나요
손 전화 너머
귀가 속닥속닥

얼굴 고운 여인 넷
6월 보름날
반야월 소막창집 화덕에 둘러 앉아
세상이 곱다고 조물조물
세상이 밉다고 지글지글

호수 같은 눈에서
구름이 강물이 되어 흐르고

꿈도 야무졌던 여인 넷
둥글고 밝은 세상만
솟아오르길
달님에게 아뢰었네

접수하다

한 아이가 나비처럼 날아와서
친구 없네
놀이터에서 날아간다
나이가 80된 느티나무가
그늘 의자를 내어주고

의자에 앉아있는 담장 능소화
느티나무가 타고 있는 그네를
바람이 슬쩍 밀어주고

아이가 보이지 않는
남주 청정놀이터에

알콩달콩 살다가 온 주름진 얼굴들이
어른아이가 되어
시소도 타고 미끄럼도 타고
남주 청정 놀이터 접수한 날
시민신문 한 페이지 장식하다

자두가 오면 미희도 온다

고봉밥을 퍼 담는
햇살이 분주한 날
올해도 같은 계절에
자두가 오고 미희도 왔다

자두는 경상도 하나농원에서
미희는 충청도에서 돈을 지불한다

단맛과 신맛의 결탁
하나농원과 미희의 결탁

단맛의 별들과 신맛의 별들이
차곡차곡 담겨서
얼굴을 내민다

참 고맙다
미희 마음이 자둣빛이다

해설

무심천변의 고향에서 건져낸
생활 시어의 편린片鱗들

윤형돈(시인, 문학평론가)

무심천변의 고향에서 건져낸 생활 시어의 편린片鱗

윤형돈(시인, 문학평론가)

　　오래 전에 기록해 둔 낙서 중에 '문학은 시간을 견디는, 견디며 즐기는, 즐기며 또한 달리 표현하는 삶의 가장 절실한 자기 양생법'이란 말이 떠올랐다. 문학에서 '견디는 것'은 무엇일까? 문학이 인간성의 연금술과 같으면 돌베개 베고 자는 연단이 따라야 한다. 작가는 늘 깨어있어야 한다는 말과 상통한다. 독서와 관찰과 습작과 메모와 사색의 오솔길을 혼자 걸어야한다. 말로만 쓰는 시가 아니라 말과 말의 행간에 침묵을 더 많이 심어두는 시를 생각하는 요즘이다. 무엇보다 애타도록 마음에 서둘지 말라는 것, 한없이 풀어지는 피곤한 마음에도 결코 서둘지 말라는 것. 시의 정의는 그렇게 어렵다.

　　서용례 시인은 우선 일인칭 시점의 자기 고백체로 실생활을 토대로 생활시를 쓰고 있다. 키워드인 '고양이'의 예리한 눈과 말로 자잘한 일상의 소소한 이야기들을 짚어낸다. 들녘에 서서 먼 별을 우러르는 둠벙의 눈빛처럼 무심천의 고향을 지키며 우주의 한 뼘이 환한 어둠으로 메워지는 순간들을 소스라치게 경험한다. 무심천변의 고향에서 건져 올린 생활 시어의 편린들을 살펴보자.

나무마다 연둣빛 이슬 촉촉하다

밤새 별빛이 어루만져준
사랑의 언약이다

제주의 바다가 투명하니

숲도 정갈한 목소리로
이야기꽃을 피워
나무마다 키를 높이고

숲을 지나는 사람들
발길을 오래 머물게 한다

– 「사려니 숲」 전문

그 숲에 가면 저마다의 우주가 있고 자기만의 이야기가 있다.

정갈한 목소리로 이야기꽃을 피우고 숲의 정령이 정淨한 나무들의 신장을 키운다. 밤새 고단한 상념으로 고뇌한 시인의 문장력文章力도 덤으로 길러주는 참으로 고마운 간이역의 쉼터다. 그녀는 그녀 생각만 하고 '사려니'는 사려니 생각만 하면 된다. 그 다음 해 또 그 숲에 가면 천년의 바람이 불고 밤새 별빛이 사랑의 언약을 속삭일 것이다. '사려니'는 본래 '신성한 곳'이니 그런 엄숙한 만남의 약속이 가능하다. 시인의 상념을 깨운 제주도 사려니 숲길은 풀냄새 피어나는 유년의 미로와 같은 숲길이요, 피톤치드 가득한 울울창창鬱鬱蒼蒼 고전의 나무 숲길이다. 그 숲을 지나는 사람들의 발길은 가볍고 오래 머물게 하는 마법의 힐링 휴식처다. 여생을 어떻게 사랑하며 소원疏遠한 관계를 회복할 것인지 고민하는 자에게만 신神이 허락한 비밀의 정원이다.

감나무가 그늘을
채워가는 오후

고양이가 감나무를 오래
올려다본 주술의 시간은
하늘빛이다

전설 같은 사랑은 흩어지고
고양이가 담장 아래
사람들이 일용할 양식을
야옹야옹 잘게 먹는다

삶의 방식이 다른 고양이는
주어진 것을 절대
타인에게 주지 않는다

감나무 뿌리 끝에서
심줄을 타고 오르는
흙들이 야옹야옹

– 「고양이의 말」 부분

　시인의 눈은 평소 특유의 시선을 통해 '하품하는 고양이, 첨벙이는 고양이의 발자국과 고양이 모습 그려진 신발'을 신고 고향하늘을 그리워하고 고향집 냄새를 맡는다. 그러다가 어느 날, '감나무가 그늘을 채워가는 오후'에 '감나무를 오래 올려다 본' 고양이가 하늘빛 영롱한 '주술의 시간'에 빠진 것을 목격한다. 구름장 아래 전설 같은 사랑이 흩어지고 이내 허기진 그리움으로 '사람들이 일용할 양식을 야옹야옹' 혹은 야금야금 잘게 먹는다. 늘상 사냥감에 맞추어져 있는 고양이의 감각은 인간적인 삶의 방식과 다를 수밖에 없다. 고도로 발달된 감각기관은 극도로 예민하다. 본디 높은 곳을 좋아하는 습성의 고양이는 '감나무 뿌리 끝에서 심줄을 타고' 오르기도 한다. 인간과의 '불확실한 사랑은 언제 끝날지 모를 일'을 미리 선험적인 습성으로 감지하기에 고양이의 불안은 매양 '담장에 내려앉지 못한 채 야옹야옹' 비음 섞인 떨림소리로 울고 있는 것이다. 특수한 이빨과 자유롭게 움직이는 쇄골의

골격을 갖고 있는 요물妖物은 이미 반려동물의 한계를 넘어 어떤 공간이라도 머리만 들어가면 온 몸이 지나갈 수 있는 유연함을 지니고 있다. 일상 현장의 '감나무는 무성한 잎만 늘어가는 데' 고양이의 말은 오늘도 야옹야옹 알 듯 모를 듯 주술의 말을 뱉어낸다.

허름한 신발 속
구멍 난 스타킹

구름 한 번 불러 세우고
바람 한 점 끌어들이고

척

꽃바람 따라
천천히
걸어가는 날들입니다

– 「인생」 전문

시인이 불쑥 시의 화두로 부여잡은 '인생'이란 무엇일까? 새삼 되묻기도 어색하게 인생은 나그네길 어디서 왔다가 어디로 가는가 노래하던 '하숙생'의 대중가수도 구름이 흘러가듯 떠돌다 돌아갔으며 바깥세상의 소용돌이에 휘말리다 자신의 의도와는 상관없는 대리인생을 살다간 무리도 허다하다. 비틀즈 멤

버인 조지 해리슨은 '당신의 사랑 없이 내 인생은 무엇인지 말해 봐요' 인생을 사랑으로 노래하고, 전도자의 말은 '너희는 잠깐 왔다가 사라지는 안개와 같다'고 짧은 인생을 헛되고 헛된 바람에 비유했다.

그야말로 시인이 직시한대로 '허름한 신발 속 구멍 난 스타킹'처럼 상처뿐인 잔해의 부산물인지도 모르는 게 인생의 이면이다. 그 와중에 시련의 '구름 한 번 불러 세우고' 유혹의 '바람 한 점 끌어들이고' 그러다가 그 과정을 한 눈에 '척' 알아보고는 이내 '꽃바람 따라' 꽃길로 순탄한 길을 좇아 천천히 걸어가기를 소망해 보는 것이다. 그러나 그 '인생'이란 내가 또 다른 계획을 세울 때 돌연 일어나는 작용이니 그저 주어진 운명이려니 하는 수 없이 받아들이고 마는 숙명론자가 되기도 한다.

바람이 지느러미 달고 헤엄쳐 간다

바다는 투명의 시간을 움직이고
수평선 역 잠시 멈춘다

그녀와 오늘 하루 친구가 되기로 했다

그녀의 사랑 이야기
파도가 일렁이고
얼큰한 소주를 생각나게 했다

바람과 파도는
서로의 일에 무게를 얹고

그녀와의 소소한 이야기
한 자락 남은 연민의 언덕을 오르내렸다

－「오늘 하루」부분

　서쪽에서 하늬바람이라도 불어온 것일까. '바람이 지느러미 달고 헤엄쳐 간다' 오늘따라 바다는 더욱 투명하게 검푸르고 수평선에 질펀하게 뻗은 간이역도 잠시 시계를 멈추고 서 있다. 이럴 때 스멀스멀 피어오르는 게으른 생각이 당도한 것은 바쁜 일상의 '그녀와 오늘 하루 친구가 되기로' 한 것이다. 그녀의 사랑 이야기를 들으며 어디라도 간다. 일렁이는 마음에 잔잔한 파도가 일고, 해넘이가 오면 절로 건조한 목울대를 축이고 싶어진다. 해변의 길손이 되어 함께 걷는 길, 바람과 파도는 서로의 일에 열심이고 우리는 분주히 허기진 소주잔을 비운다. 별 대수롭지 않은 '그녀와의 소소한 이야기' 이맘때 '소확행'이란 말이 떠오른다. 소소하지만 확실한 행복, 조그만 담소가 이어질수록 시나브로 연민의 정 일어난다. 그래서 '한 자락 남은 연민의 언덕'을 오르내린다. 편도가 아픈 바람의 기억과 아직도 브레이크가 없는 그녀의 자전거 페달을 우려하지만, 그것은 단지 그녀의 인생일 뿐, '추억의 한 자락' 멋지게 만들고 있는 '오늘 하루'가 대견하다.

그 마음 본 적 있나요
그 외로움 만져 본 적 있나요
눈물 속에
피는 솟구쳐 올라
잎새가 나고
줄기가 세워지고
시간이 피어나고

날 새기를 기다려
햇살에
잎새에 줄기에 꽃잎에
하나하나
숨을 불어 넣는다
기다림을 넣는다

　　　－「수선화」 전문

　수려한 남저음 목청의 하모니가 일품인 브라더스 포의 '세븐 데포딜즈(일곱 개의 수선화)'를 기억한다. 그 노랫말도 꽃말처럼 단아하고 고결하다. '난 저택도 한 뙈기 땅도 그리고 감촉 좋은 지폐 한 장도 가진 게 없어요. 하지만 언덕의 아침 그리고 달빛을 엮어 목걸이와 반지를 만들어 드리죠. 그리고 달콤한 키스와 일곱 송이 수선화를 드리렵니다' 감미로운 그 가락이 끝나기도 전에 시인은 노래한다. '그 마음 본 적 있나요 그 외로움 만져본 적 있나요' 시인의 감각은 시각에서 촉각으로 옮겨간다. 눈물 속에 피는 솟구쳐 올라 잎새가 나고 줄기가 세워지고 시간이 피어 나고 날 새기를 기다려 햇살에 잎새에 줄기에 꽃잎에 하나하나 숨을 불어 넣고 기다림의 미학을 감내한다고 한다.

프리지아 꽃다발을 안고

아장아장 걸어오는 외손자

할미 받어, 한다

말 한마디가

천지사방 꽃이 핀다

참 예쁘다

세상이 온통 환하다

– 「참 좋은 날」 전문

바로 그 어린 것 하나가 세상의 전부일 때, 그 아이 하나로 세상이 가득해 보이고 세상이 따뜻하고 그 피붙이 하나로 지금까지 각고의 노고가 보상받는 기분이 든다. 그날은 축복받은 날, 아장아장 외손자가 시인 할미께 꽃 본 듯이 걸어오는 날이다.

아무리 밉게 보려 해도 예쁘다. 오래 오래 바라보아도 사랑스럽다. 더욱이 그 조그만 손아귀에 프리지아 노란 꽃이 들려있으니 꽃 중의 꽃이요 금상첨화다. '할미 받어' 앙징스레 손 내미는 정경이 그 얼마나 귀엽고 사랑스러울까! 시인에게 지금 '프리지아 꽃다발을 안고' '아장아장 걸어오는 외손자'가 있다. 할미에게 앵기는 꽃 한 다발에 천지사방 웃음꽃이 핀다. 환한 행복감이 번진다. '세상이 온통 환하다' 프리지아의 꽃말은 천진난만, 순수한 마음이다. 아장아장 다가와 '할미 받어' 이 한 마디로 손주의 천진난만하고 깨끗한 향기가 눈에 넣어도 아프지 않을, 소소하지만 확실한 행복감을 준다. 진퇴유곡으로 가슴이 답답하고 사방이 꽉 막힌 세상에 '천지사방 꽃이 피는 날'이 대체 얼마나 될까 생각해 보는 동시童詩적인 발상이 시 행간에 그렁그렁하다.

무심천변 머릿결 고운 여자입니다
어미는 작년 장마에 발가락만 남겨놓고 떠났습니다
몸통 없는 어미는 아직도 발가락 온기가 남아있습니다
무심천 물결은 어미의 발자국을 꼭 안고 있답니다

저기 슬픔이 가득한 발자국이 걸어옵니다
함박웃음 가득한 발자국도 옵니다
둥근 발자국도 큰소리로 지나갑니다
참새가 가끔 내 머리에 앉아
흰색과 검은색 줄무늬 고양이에게

노래를 불러줍니다

– 「무심천변 여자」 부분

시인은 지금 청주 무심천변에 살고 있다. 고향을 떠나온 사람들의 그리운 시냇가에 무심한 세월만 흘렀기에 붙여진 이름일까. 어찌 보면 무심천은 유심천이다. 시류에 영합하지 않고 무던히 자기 길을 묵묵히 어려움을 참고 감내堪耐했기 때문이다. 그 곳에서 태어난 시인은 자신의 모습을 일단 '머릿결 고운 여자'로 미화한다. 그러다가 자신보다는 무심천변에 얽힌 슬픈 추억을 끄집어낸다. '어미는 작년 장마에 발가락만 남겨놓고 떠났습니다' 거기 무심천 물결은 그런 어미의 발자국을 꼭 안고 있다니 혹시 장마 통에 어미의 존재가 유실되기라도 한 걸까 알 수 없는 일이다. 다만, 슬픔이 가득한 발자국이 걸어오는데 함박웃음도 뒤따라와서 둥근 흔적을 남기고 간다. 긍정의 참새도 가끔 시인의 머리에 앉아 희고 검은 줄무늬 고양이에게 위안의 노래를 불러주고 간다. '노랫가락이 끝날 무렵' 시인은 백색 꽃가루를 뿌려준다고 했다. 무심천변에 얽힌 사연은 그렇게도 많다. 따뜻하고 차갑고 느리고 흐린 물살 따라 세상살이의 부침도 따라오게 마련이다. 트럭에 실려 간 친구, 주민자치 환경회의 그러나 한 가지 변치 않는 것은 '나는 머릿결 고운 버드나무'로 무심천변에서 어쩌면 고향 지킴이로 가난한 소시민의 생을 영위하고 있다는 것이다.

내 손금은 많이 어지럽다
잔금이 많으면 고생한다는
어머니 말씀에
냇가에 앉아 한동안 돌멩이로 문지른 적도 있다
지워도 지워지지 않던
잔금은 살아갈수록 무성해 졌다

비가 오면 그냥 비가 되고
바람 불면 그냥 바람 되고
햇살은 그냥 햇살로
손잡고 여기까지

복이란 것도 달아났다가
슬슬 눈치 보면서 다가서는
손금 같은 세상이
내게로 곁을 내주고

이제는
손금도 줄어들 시간
손바닥을 들여다보면
지난 세월 그리워
몸살 앓는다

- 「손금」 전문

손금 보기는 세인들이 익히 아는 대로 손금을 읽어 미래를 예언하는 것을 말한다. 수상手相이라고도 하며 관련 학문은 수상학이라 부른다. 그러나 미신적인 믿음으로 간주하거나 효능을 뒷받침할만한 증거 부족으로 손금 보기에 대한 비평이 종종 발생하기도 한다. 생명선이 짧은 자가 장수하기도 한다. 시인의 손금은 많이 어지러운 모양이다. 잔금이 많기 때문이다. '잔금이 많으면 고생한다는 어머니 말씀'을 신뢰하여 돌멩이로 잔금을 지워버리려고 문지른 적도 있다고 고백한다. 이제는 '손금도 줄어들 시간'에 어느덧 시인의 주름선도 생성발전이 정지된 터이다. 굳어버린 손금도 더 이상 변형의 기미를 보이지 않으니 그냥 손금 생겨 먹은 대로 살아야 한다. 비가 오면 그냥 비를 맞고 바람 불면 그냥 바람 맞고 살 일이다. 손바닥을 들여다보며 전전긍긍 하던 지난 때가 오히려 그립기도 하니 흐르는 세월의 뒤안길에 덩그러니 남아있는 자신이 처량하기도 하려나.

냉이 한 소쿠리
캐어 집으로 오는 길
자동차 의자에
모로 누운 냉이가
빨리 가자고 허리를
곧추 세운다

차창 넘어 들길에는
봄꽃들 소풍이 한창이고

하늘이 던져놓은 구름
그 밑에 집을 짓는다

양은 냄비 속에서
수천 개의 눈동자가 빛나고
비적비적 나오는 식욕들
토닥토닥 바람소리 붙잡고
다시 스위치 켠다

구름 위의 집
양은 냄비 속 입맛들이
만발했다

– 「냉이」 전문

　시제詩題인 '냉이' 맛을 음미하기 위해 문득 〈농가월령가〉에
등장하는 '냉이' 구절을 인용해 본다. '산채는 일렀으니 봄나물
캐어 먹세 고들빼기 씀바귀며 달래김치 냉잇국은 비위를 깨치
나니 본초를 상고하여 약초를 캐 오리라' 냉이는 성질이 따뜻하
고 피를 잘 돌게 해주며 간에 좋고 눈이 맑아진다고 했으니 우
리 선조들에게도 약초나 다름없었다. 아무렴, 계절의 변화를 실
감하는 공간이 바로 식탁이요, 식감이다. 시인은 지금 도심의
무심천변 어디쯤에서 '냉이 한 소쿠리 캐어 집으로' 가는 길이
다. '차창 너머 들길에는 봄꽃들 소풍이 한창'이다. 양은 냄비 속
된장 풀어 끓인 냉잇국에 '비적비적 나오는 식욕들'이 입 안 가

득 퍼지는 냉이 향과 함께 작은 행복감이 시의 행간 곳곳에 소
소하게 번져간다.

거실에 오른쪽 팔 베고 누운
남편의 이마에 실개천 흐른다
실개천에 간혹 물줄기가 찰랑찰랑 하다가도
다시 고요가
나는 그 강에 연어가 되어 살고 있다

두꺼비 잔등 같은 손을 잡아본다

봄이면 옛집 실개천
버들강아지 품고
또랑또랑 물소리
참 좋았다

남편의 등 너머로 창밖 목련꽃이
환한 봄날
탁자 위 사랑초도 조용하다

－「사랑」 전문

한 폭의 그림 같은 부부사랑이 상징이나 그 어떤 비유 없이도
자연스럽게 있는 그대로 노정되고 있다. 어느 날, 시인인 아내

는 오른쪽 팔 베고 누운 남편의 이마에 어느덧 세월의 더께인 주름살이 실개천 흐르듯 새겨져 있음을 본다. 그 물줄기를 가만 들여다보니 '찰랑찰랑 하다가도 다시 고요'가 찾아들고 있다. 시인은 지금껏 그 강에서 회귀 연어로 오르락내리락 철따라 무념무상의 행복으로 살고 있었나 보다. '두꺼비 잔등 같은' 남편의 손에서 연민의 정을 느낀다. 봄이면 실개천 버들강아지 품은 물소리가 '옛집'에서 들려왔다. 부창부수의 세월인가, '남편의 등 너머로 목련꽃이 환한 봄날' 탁자 위 사랑초가 사랑의 증거처럼 조용하니 한 구석을 지키고 있다. '사랑'이란 이렇게 말은 못해도 바라만 보아도 모든 걸 줄 수 있어서 사랑할 수 있어서 시인 아내는 환한 봄날의 찬란한 슬픔으로 행복감에 젖어있는 것이다.

새벽안개가
자맥질을 시작한다

숨비소리 가득한
육거리 시장으로
소박한 사람들이 사람을 만나고
산도 들도 찾아와
제 품안 보다 크게 벌여 놓는다

만선의 배가
닻을 내린 남석교

동해와 서해 남해가
반갑다고 출렁인다

힘줄 굵은 푸른 등에
지느러미 달고 날아오르면
물결이 점점 높아진다

목젖이 보이게 한바탕 웃는
장바구니 인심에
시장은 또 다시 출렁대고
파도는 한 번 더 출항을 준비한다

육거리 종합전통시장
세상에 나눠 줄
또 하나의
바다를 품고 있다

－「육거리 종합 전통시장」 전문

　시인이 살고 있는 마을 어귀쯤에 '육거리 종합전통 시장'이 도
사리고 있다. 육거리나 되니 사통팔달 지역 주민들이 수시로 장
터에 모여 온갖 시름 다 풀어놓고 그래도 한자락 희망을 사가겠
다. '새벽안개가 자맥질을 시작'하는 꼭두새벽부터 '숨비소리 가
득한 육거리 시장으로' 소박한 동네 주민들이 모여들기 시작하
며 하루 경기는 활기를 띤다. '만선의 배'가 실고 온 등 푸른 생

선이며 '목젖이 보이게 한바탕 웃는' 장바구니 인심에 시장은 다시 술렁이며 출렁대고 있다. 날마다 출항을 준비하는 육거리 종합전통시장은 또 하나의 부푼 바다를 품고 있다. 바다 위에 떠올라 참던 숨을 휘파람같이 내쉬는 '숨비소리'의 주인공은 또 누가 될 것인가? '육거리 종합 전통시장'은 알고 있다.

　사각의 집들이
　퇴각 명령을 받고도
　행진은 더욱 줄기차다

　지하철. 버스. 집. 길거리.

　세상의 꽃들이
　사각의 틀에서 피어난다

　사각의 힘
　세계가 손 안에서 자라고 있다

　–「폰」 전문

　'사각의 집들이 퇴각명령을 받고도 행진은 더욱 줄기차다 지하철, 버스, 집, 길거리. 세상의 꽃들이 사각의 틀에서 피어난다. 사각의 힘 세계가 손 안에서 자라고 있다.'
　사각의 집, 사각의 틀, 사각의 힘 등의 비유는 모두 모바일 폰

의 사각 구조 모양을 대변한다. 나는 이에 하나 덧붙여 '사각의
링'을 말하고 싶다. 전쟁 같은 사랑보다 더한 열정으로 지금 지
구인들은 핸드폰의 마력에 흠씬 빠져있다. 3등 열차를 타 봐도
신문이나 책을 들고 골똘히 읽는 풍경은 모두 옛말이 되었다.
모두가 폰에 머리를 박고 혼자 중얼거리며 종착역을 향해 무목
적 여행을 계속한다. 하긴, 설국열차를 타도 그 이유와 명분이
야 다 있겠지만, '나 다시 돌아갈래!'를 외치고 절규하며 아날로
그의 향수로 회귀하고 싶은 때가 왕왕 있는 것은 어쩔 수 없다.
'폰'을 주제로 열거한 시인의 상념과 다르지 않을 것이다.

햇살이 담벼락에 걸릴 때마다
어머니의 노랫가락은 경전처럼 투명해 집니다
노랫가락은 낮은 곡조로 더해가고
감나무 가지 끝을 지나온 바람이
배추밭 푸른 잎마다 출가를 돕고 있습니다

바람 따라 날아온 참새 두 마리
배춧잎에 앉아 새참 즐기고

굽은 어머니의 손가락처럼
바싹 오그라진 배춧잎들
구순의 어머니
이제는 더는 못한다 하시면서도
딸에게 고소한 김장배추 담는 법

잘도 일러 줍니다

– 「우리 어머니」 부분

'하나님은 모든 곳에 존재할 수 없었기 때문에 어머니를 만들었다'는 유대 속담은 언제나 절대적인 진리이다. 헤르만 헤세는 그 어머니에게 할 말이 참 많았나보다. '하고 싶은 이야기가 많았습니다. 나는 참 오랫동안 타향에서 지냈습니다. 그래도 나를 가장 잘 이해해 주시는 이는 언제나 어머니 당신이었습니다.'

서용례 시인은 지금 '구순의 어머니'를 모시고 있다. 연륜이 지긋하시다 보니 '어머니의 노랫가락은 경전처럼' 투명하다. 오래된 세월의 책과 같은 그 분의 노랫가락은 나지막이 감나무 가지 끝을 지나 배추밭 푸성귀에 머물다 가기도 한다. '굽은 어머니의 손가락처럼 오그라진 배춧잎들' 당신은 평소 딸에게 김장 배추 담는 법을 일러주시며 숙성과 발효의 미학을 몸소 익히게 해 주셨다. 그렇게 '긴 시간 구부러진 길처럼 살아온 어머니'의 숨 가쁜 맥박 소리가 배추꽃에 나앉은 하얀 나비의 환영幻影으로 '목이 메어 오는 날'을 맞이한다.

농구를 챙겨 들로 나가시는
아버지의 등위에
새벽별들이 매달려 있습니다

아버지의 무명 중위적삼 위로

내려쬐는 햇살이
용광로보다 더 뜨겁고

괭이질에 떨어진
참외 꽃이 흰 고무신에
별처럼 반짝입니다

별빛 속 씨앗들이
아버지의 주름진 얼굴에
환한 웃음으로 화답합니다

— 「아버지의 이름」 부분

자식들은 부모의 깊이를 모른다. 그 넓이는 더욱 모른다. 그
리고 빛깔은 더더욱 모른다. 그 한량없는 은혜의 바다, 모든 것
내어주고도 아까워하지 않는 신기루에 가까운 기적을 만들어
내는 것이 부모의 깊이요, 빛깔이며 넓이인 것이다.

시인은 당당히 '아버지의 이름'으로 그녀가 목격한 아버지
상像의 한 면을 가감 없이 기술하고 있다. 여명의 새벽에 '농구
를 챙겨 들로 나가시는 아버지'는 천상 농사꾼이셨다. 사랑은
정직한 농사라고 했던가! '아버지의 중위적삼 위로 내리쬐는 햇
살이' 용광로보다 더 뜨거운 뙤약볕에서 그 분은 헌신으로 자식
농사를 일구셨다. 혹여 괭이질에 떨어진 참외 꽃이 흰 고무신
에 별꽃으로 반짝이니 아버지의 주름진 얼굴에 환한 미소가 절
로 일렁이기도 했겠다. 이윽고 '개여울에 비친 석양이' 허리 한

번 펴지 못하고 일하시는 아버지를 위로하는 모습이 눈시울 선연히 떠오른다.

결

    지금까지 서 시인의 시를 읽으며 문학소풍을 하고 온 기분이 들었다. 무심천의 고향에서 시의 분위기와 많은 공감을 획득하였다. 작가의 키워드인 '고양이'의 눈과 말로 짚어내는 장면들이 생활 주변에서 얼마든지 가능한 소재들로 이루어져 친근감이 갔다. 시집 제목처럼 시편 곳곳에 등장하는 '고양이'는 동네 주차장 차바퀴나 분리수거장 옆에도 신령한 존재로 인간사의 일거수일투족을 목격하고 지나간다. 그래서 무심천은 무심한 세월만 흐르는 게 아니구나 하는 생각이 절로 든다. 무심천 속에 '인생'과 오늘 하루'와 어머니와 아버지의 이름'이' 면면히 살아 숨 쉬고 있다.

    일전에 기도하듯 순간의 직관을 짧은 시로 엮은 '화살 시편'을 읽은 적이 있다. 너무 긴 시는 영혼을 파먹어 긴 말 않고 짧은 시를 쓰겠다고 마음먹으면 아기의 옹알이 같은 언어를 고르고 솎게 된다는 게 그 분의 지론이었다. 미상불, 서 시인의 '으름꽃'이나 '차향 같은' 시도 아주 간결하고 맑은 이미지가 좋았다.

    아무튼 서용례 시인의 일인칭 자기 고백체의 시가 실생활을 토대로 쓰여 지니 이해하기 쉽고 편하다. 좀 더 축약해야하는 생활시가 더러 있긴 하지만, 대체로 키워드인 '고양이'의 예리한 눈과 말로 자잘한 일상의 소소한 이야기들을 잘 짚어내셨다. 고향 들녘에서 먼별을 우러르는 둠벙의 눈빛처럼 무심천의 고향을 지키며 우주의 한 뼘이 환하게 메워지는 순간들을 경험한 것이다.